JN103253

エオリアンハープに薔薇を

A Rose to Aeolian Harp

唯木佐保子

Sahoko Tadsaki

中日出版

エオリアンハープに薔薇を　目次

空色の薔薇　5
金色の波　6
エオリアンハープに薔薇を　8
ピエロの微笑み　12
マリオネット　16
冬の魔王　18
薔薇と読書　20
薔薇の海　24

薔薇を贈る日　29
ライラックと尺取り虫　30
レモン　34
月夜に舞う雪　38
情熱的な詩人たち　42
雷鳴の響く夜　46

蔦の細道　49

蔦の細道　50
雨の稲穂　52
夏の薔薇　56
誤　解　60
荒野にて　64

銀の薔薇　69

ラピスラズリの小石を　70
ラピスラズリの宝石箱　72
元素記号　74
愛ふわり　76
冬の恋人　80

不名誉な墓穴　84
薔薇の庭のあひる　88
風にうまれて　92

付　録　97

夢の雫　98
石庭の幻想　100
夜風の駅　102
浜荻の詩《うた》　104
海辺の薔薇　106

あとがき　109

絵・木嶋良治

空色の薔薇

岩盤は　海風を
聴いている
カモメが　風に
乗った

金色の波

心の奥の何か
思い通りにならないものに
流されて
消えて行く
その時間の為に

暗闇には　見えなくて
触れようとしたのに
風が窓を開けると
何かが　逃げて行った

エオリアンハープに薔薇を

薔薇を一輪くわえて
カモメは　空から戻って来る

銀色の波頭は
穏やかに　時間を織り続けている

灯台の見える　岩場では
時間を止めた
帆船が停泊する

丘を緑に染めたのは
薔薇色の陽の光

羊や牛は　働き者の牧神に守られ
他の命の糧になっている

ミルクはほんのり甘く
子牛や子羊は甘えながら
初めての土の香りを
踏みしめている

私の体は一粒の塩のように
大地の上に小さく蹲《うずくま》る
林檎の花が咲く頃
若葉はあふれる陽を受け
地上に　夢を誘う

海辺に教会がある
薔薇窓は
静かに暖かく
金と銀の波頭が響く
光が溢れる窓に時間は包まれ

ショパンの　弾くピアノの黒鍵に
赤い薔薇を添える

ピエロの微笑み

ピエロがマリオネットを
操っている
台本の台詞の間違い探し
マリオネットが優しく
薔薇に問いかけた
蕾が不安がらないように

薔薇の蕾さん
伸びかけの小枝を切りますよ
人間ではないのに
薔薇は本を読むのが
好きだった

薔薇が読んでいる
本のことをマリオネットは
知っていた

右目の感じた
光のこと
左目の感じた
心のことを
マリオネットのある表情

ピエロは本の中の
天使の悪戯を知っていた
小枝を切っても
薔薇は薔薇に変わりは無かった

物語の天使の悪戯は続いた

短い夏を記念してピエロの微笑みと憂いは
その間でため息をつく
マリオネットは薔薇の葉に手を添えて
薔薇の周りを踊り続ける
薔薇の蕾は歌いながら
綺麗に開き始めた

マリオネット

若くて柔らかで
光沢のある時間を祝った
マリオネットは踊り続け

ピアノのペダルの真ん中
静かな表情の時
台詞が消えて……
太陽の光も沈み……

マリオネットは
壁につるされてしまった
それから　歌も聞こえなくなり

薄暗がり……は
長い時間だった

マリオネットの
左の瞳も　右の瞳も閉じられて
薔薇の花も消えてしまった

冬の魔王

冬の魔王に
打ち勝つために
夏の妖精の
召使いたちは　働き者
薔薇の食卓は
会話と文字の行列

あなたは
寝ているまに……
羽を失くした

薔薇と読書

薔薇が読書をしている
一瞬に消えてしまう
美しい花の姿で
愛の詩を読んでいる

天使のタクトが

振られると
愛に心を放つ詩の中で
永遠の美しさと結ばれる

黄金の空へ
恋の矢を放ち
天使がお酒に酔って
薔薇の花の中で
眠っている

目覚め
羽根が無いのに驚く
地上を歩くのですか
神様……
偶然に棘に触れると

薔薇は
読書をしている
恋色のやさしい空
嵐の吹き荒れた

険しい大地
夜明けの
星明りへの祈り
小さな声の詩《うた》に涙した

薔薇の窓から
生まれる命のために

薔薇の海

薔薇の咲く
地上の広さ　そのすべて
愛と死と美を
備えるものとして

愛の為に　道は続き

生命は　憧れる
信仰を抱く熱意に

樹齢二百年のスプルースを
響かせる
弦の上を歩く
愛との深いつながり
言葉を秘めた
生と死への……気配
その音を　聞くもの

曖昧に時が過ぎ
事実が混在する
愛の嵐……は　民の瞳に
闇を投げかける

見付けるだろうか
新種の薔薇を

薔薇が　薔薇で或る為に

緑色の宝石を広げた大地と
結ばれた証として
香《かぐわ》しい花の時間を

薔薇を贈る日

人が今を行く
愛は苦難に耐え
前進するを止めない

ライラックと尺取り虫

大切な人を失って
途切れた道
いずれどこかへ続く道

美しい庭木に尺取り虫が
大量発生した年
葉の全てを失った

ライラックの庭木が
意のままに成らない姿を見せていた

激しい　革命より
ハート型の葉の柔らかさが
美しい庭木として
人のこころを勇気付ける

ふるさとの街に
ライラックが華やぐ頃

祖父の家に
香ったこの花を
部屋に生ける

初夏は　北の大地の中で
冬の気を許せない寒さから
そっとこころを　ほどく
この花は　短い夏への
使者のようだった

レモン

十字を画面に
描き置いて
螺旋を描くレモンの軌跡に
魅了される
不規則な曲線は
レモンの狭間

詩人には見えていた
彩度の頂点へ吸収される
愛のかなしみが

生きる意味がいくつも
あるように　螺旋は続く
そのレモンをわたしは
あなたへ渡す
レモン哀歌が転がる
支配されない　恐れの無い瞳

無を動かすことは　出来ない
そこは永遠
十字は消えていく

地球は回る
不安なのに
形を掘り出す仕事場に
北風が揺らす憂鬱と
プラタナスの枯れ葉の歌
隔てられた境界で

生きるための
自分を繕う幾つもの名前
変わらないレモン

その名を　わたしは　呼んだ

月夜に舞う雪

夜の窓辺に　オペラが陽気
四月の月明りなのに
雪が舞う夜空

クロッカスは
花を閉じて眠りの中

人々が夜明けまで
語り合う
未来への時間

重油の積荷が
言い知れない　何かの運命と共に
船出してゆく
小さい棘の痛みを　感じる

人々は進歩を　授かり
明日へ向かう

それからの……すべての生命は
明るいだけの月夜は無く
冬囲いを外した
薔薇の新芽に
季節外れの　雪が舞う
……月に舞う雪

満月よりも
不安に満ちた恋心に
似つかわしく
想いは混み合っている

情熱的な詩人たち

何とも言えないものに
出合ったら

熱心に生き抜いていくことに
熱中する

感覚は　個人の存在を
有意義にするためのもの

詩人の失敗を読んでも
身に付く教訓はなく

美味しいと書いてあったけれど
何か違うわ……と感じること

情熱的で
悲しみの多い詩人と出会い

熱心過ぎると思うこともある
物語の中に巻き込まれ
何かに気付く

あとから思い出す時間
その言葉は
明日の現実にはならないけれど

あなたの内側に寄り添って
忘れられながら
消えていく

雷鳴の響く夜

新しい時代の雷鳴が
遠くで響いている

実らない稲穂が無いように
稲妻は大地へ降りて来る

糧を得る人々が
冬を耐えきれるように

民の歩いて来た道の前方へと
山の神と海の神は
古《いにしえ》の姿で　邪悪を威嚇する

未来が揺れ始めたその先に
救い主は現れるのだろう

沈黙の神秘が　占う闇
必ず救いに来る

蔦の細道

富士山に　笠雲見上げ
入る道　君と戻れず
東へ下る

蔦の細道

不安こそが
美を追い求めて止まない
優しくて　心細い
女性らしさに
涙をにじませる

命の真実を
力強く握りしめ
愛の雰囲気に
短い道を添える

雨の稲穂

逃げられないものに
囚われた

幼い頃
真新しい昆虫採集の入れ物に

罪の気持ちは
ひとかけらも無く
おとなしいカタツムリを
無心に捕まえた

熱中した翌日　熱が出て
虫かごの中のエサの葉が　黒ずんだ
原っぱまで出かけ
カタツムリを全て野に返す

捕獲の好奇心に埋もれていた
罪は、気付かない
この中に納まるものを
誰が決めるのだろう
信仰に身を包まれて
眠りを得る

雨の日は部屋の中
喘息が辛い日も
部屋の中

かな文字を贈ってくれた人が
今でもどこかで生きているのなら
雨の日に傘もささず
空を見上げる

雨の日のかな文字は
雨の日の稲穂になった

夏の薔薇

夕凪の中
報われない事に
恋をした

想いは　船出の時
一輪の赤い薔薇は

廃墟の片隅

生き残った
変わり果てた街　その
罪を問う声は聞こえない
命が両手の中にある

すべてを無にするのも
同じ手の中に
独り行かねばならない

様々に全てを
繋ぐ

一度分け入った
愛の森を
後戻りは出来ない

何処に消える
境界の無いものを繋いだ

薔薇の美しさにおいて
愛されたかった

感情に導かれ
夏に咲く薔薇は
季節を閉じ

耐える日々を根にしたようだ

誤解

感受性が好きだった
そして　その感受性に傷ついた

割り切れない感情
その余りの数字

日本語が好きだ
こころ静かに
戦わない感情
輪郭のない日本画のように
物事を表現してしまう

ひらがなとカタカナが　読めたとき
嬉しかった
『デカメロン』は特に気に入った
大きなメロンだった……

『大きなかぶ』の童話のように
村人が沢山力を合わせる
優しさのある物語を　可愛がった
雪解け道で見つけた
綺麗な小石を拾い集め
他の人も同じく小石を
喜ぶと思っていた

「嘘ばっかり……」

そう感じさせる大人に
負けてばかりいた
「そういう繊細なこころは持ち合わせていない」
そういう意見もある
負けてばっかり

世の中が解らないから
詩人の作品を訪ね歩いたけれど
文字はわたしのものには
成らなかった

荒野にて

雷鳴響く地球
あなたを待つ人々がいる

生きて行く　どこに
一つの言葉で　死を
あなたは　しっかり見つめるだろうか

誰だろうか
森の恵みを響かせる
愛の印象を　描くのは
テッセンが巻きつく樫の木

見えるだろうか
滑走路から
未来へ飛翔して
死を築く時間の塔が

地球の星の記録そしていずれ塵ゆく

ピアノの上に
竹籠のランプが置かれ
月光の筋に浮かぶ
雲に乗って
月からの使者に呼ばれて
消えて行く

大和はまほろば

愛の滑走路から飛び立つと
風になって地上を取り巻く
時間は地球の
未来へ続くと翼揺らして

銀の薔薇

愛の甘い言葉の引き立て役
注がれる　苦い言葉
心に芽吹く言葉を
着せてほしい

ラピスラズリの小石を

底辺が１７個
一辺が１７個
正三角形に並べると
１５３個
余りの一粒に
恋を……

追いかけて
夢を見ました

ラピスラズリの宝石箱

この世の月日と　宿命の全ては
金色のサークルが　頭上に降りて
曖昧に生きられないことを
教えて下さったのは　あなたでした

薔薇と天使の歌が　想いをこだまさせる
１７歳という時間から

薔薇は
外の世界に触れようとする

でも　愛の重力で
光の扉から　外へ出られない

元素記号

人としての
優しさを学ぶ頃
名の由来も知らず
沙漠の背景に蜃気楼が見える

人に話しかける姿が
こころに残る
熱心さだった

雲の隙間から
天使の梯子が見える

わたしは進むことにした
変わって行く空を見上げて

愛ふわり

夏の海　あまく陽気な誓い
その一日　命を繋ぐ絆もないまま
一輪の赤い薔薇が咲いた
愛の声は　命の知らせを囁いた

父のものでもなく

母のものでもない

薔薇の頬に　永遠の優しさの
蝶がふわり訪れる
陽気な誓いと　自由な別れ
何かが飛び去り
薔薇は接ぎ木され
新しい花を　求められた
新しい薔薇の　命が両手の中にある

内側から
様々に全てを
愛へ　繋ぐ道

夏の海を　見ている君は
境界の無いものと
在るものを　繋ぐ
帆船から陸へ上る　水兵たちは
夕凪の曖昧な時間の中

薔薇は咲いた
強い逆風に折れたり
居場所を追われ
時間を切取られても
枝は生きて行く
愛は　ふんわり　ふわり
柔らかい所に眠る

夜明けに　ふわり蝶は
もう見えなかった

冬の恋人

恋人たちの愛の灯り
白い夜の底に
寄り添うけれど
雪が降りしきる

夢と暮らした日々を
諦めるように
リラの花咲く丘は
微笑みと甘い香りを失う

両手に掴んだ
それぞれの明日
最終電車が揺れる街の路面を

静かに歌うよ
約束も無く

小さな愛に
涙をにじませて
消えてゆく者たちに
星が降る夜

優しく歌うよ
君が好きとね

両手に掴んだ
それぞれの明日
消えた夢と出会う未来へ

喜びを歌うよ
雪が降り止むまで

不名誉な墓穴

くび木に繋がれた牛
太陽の恵みと
大地の糧の繋ぎ役

不幸なくび木を
掛けられて

戦う兵士

四次元の文学に
愛の扉を夢に見る

新星の誕生
その歩み　その過程

自然淘汰へ　向かう
神秘な力を繰り返し

奇跡と出会う

国境の無い原子記号
水素に　気付いても
操るくび木が　見えなかった

不名誉な墓穴へ急ぐ
若き恋人たちも
再生の波へ　逆説の波を起こす

名前の意味は何処へ
文字が生まれた
進化の由来を　糸でたどる

なんて魅力的
今はまだ見えない
新星への未来

薔薇の庭のあひる

陽気に歌い
陽気に　池のさかなを追いかける

嵐の後の道に
危険が待ち受けていても

狐や狼が君を餌にしようと
待ち構えていても

あひるに生まれて
あひるを生きる
良く膨らんだ胸の肉は
食卓に喜ばれる

飼い主の庭で

子供のあひるを育て
近々逆さにつるされ
血を抜かれる

あまり老いては
料理に合わなくなる

陽気な歌がいい
洗濯物が　乾くような
ガラガラ声で

あひるは　歌う
飛ばない羽をバタつかせ
大きなお尻をフリフリ

風にうまれて

路地裏の
土ぼこりを舞い上げる
わたしは　風

微笑みを　手で掴み
温もりで上昇する

寂しさに
優しく泣いたり

海辺で本を読んでいる
君と出合ったりする

美しさを導く
星座物語は
夜空で静かにねむる
森を通ると

樹々がいっしょに
歌ってくれる
花を優しく揺らすのは
最高なんだ

大きな樹を
倒す風になってから
君と出会ったから伝えたい
地球の青さは
ときめく程　美しい

わたしは　風に生まれた
明日も　風にすぎない

付録

夢の雫
石庭の幻想
夜風の駅
浜荻の詩《うた》
海辺の薔薇

夢の雫

夢は小石のように　さらさらと
岸辺の波のように　コトコトと　音を立てた

水は太陽の陽ざしを輝かせ　音もない
扉の無い空のドアを叩く　風の中に涙と共に何かが消えた
誰も止められなかった時間の中を緑色の狼が流れて行く
若さと黒い時間は　叫びをやまびこが木霊させる
その時間は　景色を鏡に映すように華やかで
わたしの老いた表情のようにはっきりとしている
「人が発見した意識」に人々が集まる
歩いたものだ　よく歩いたものだ　海の季節は夏だった
微笑みは優しく涙の居場所を隠すと　それから美しさに寄り添う
小さく弱々しく　だからと言って運命に負けてはいなかった
理由は思い浮かばない　ただ若かった

これは今だけのものではなく
野生と進化が体内で同時に生きる血を育むような感覚的なもの
扉を挟んであなたとわたしは見つめ合うように
手をかざしたけれど
あなたは背中を見せ悲しみと共に椅子に座る
緑の芝生の夢が小石の道に変わり
無数の足音が木霊する
美しい若さを純白に夜空に星として輝かせ
新月の夜は　岸辺の波がコトコト　星の光を揺らす

夢は小石のように　さらさらと
そうだとしても　わたしはあなたの傍にいる
本当にわずかな距離に寄り添って
月光を写す夜の海面と幻想を
音色や輝やかせる術を　見つけながら
奇跡と　生命の厳しい日々に優しさを運んでゆくだろう

石庭の幻想

悲運を愛の道に誘う慈しみ　睡蓮咲く泉その水辺の風
神話を奏でる横笛を響かせ　糸を縁《よ》る想いを通し　古の都の愛
京へ上がる務め　冬の朝　井戸水を汲む手桶

炭を熾す前の震え　辻占結び一筋の夢
美しい翼の幻想に旅立つ戻らぬ愛　孔雀の羽の幻想と永遠
引き合わせる運命　微かに聞こえる　あなたの涙が私を守る
瞳に古の炎を映し　華は名を変えるだけの悲運と遭遇
「芍薬（ピオニー）よ」千の花びらは時の風に折られ　愛せぬものを愛せよと
月光を海が受け止める　光は白い翼に生まれ変わり
華やかに朱門をくぐる　夕暮れ大文字の送り火　淡い桃色の睡蓮
夜は　瞳を閉じ眠る　羽ばたく愛と幻想の序曲に香を焚く
海が受け止める月光　幻想の翼は空を行く　希望を雪の様に降らせ

青く冷たく泉へ降り積もる

白い礬砂《どうさ》を和紙に引いて　膠の涙が　鮮やかに命を想い　時を止めた
翼に振り掛る氷雨　姫は眠る　羽の隙間の温もりに
頬を当て　瞳閉じ風を受ける春に　まるで異国のヘーラーの愛を
注ぐように愛と生きることだけを想い　祈る絶対絶命を耐える
見送る青い空青い海　金色の真実を描ききれず
遥か彼方からの愛は華やかさ振りまき生きる糧を残す
孔雀は求愛を踊り睡蓮の花は風に聞き耳をたてる
愛は華やかさを　孔雀は求愛を踊り　睡蓮の花は
確かに愛したのは　生きること
確かに飛び去るあなたの時間を救えなかったのは　生き残る私
自分が戦えば祖国は救われる　石庭の幻想　鏡容池《きょうようち》の鴛
人々が信じている小さな愛の形

生まれる前の約束を歌い継ぐ　野のマリア
自由を選んで辻占結び　赤い一筋の夢
廃墟の中の恋　永遠の魅力を輝かせて
若き日々の愛と夢
虹が重なる雨上りの空を永遠の歌が続く道を行く

夜風の駅

夜の泉に秋の木の葉が舞い降りる
水面を歌わせるような人のこころ
外灯が浮かび上がらせる緑の葉音　霧時雨の優しさに包まれる
置き去りのひとり　囁かれる嘘　突然開いた深い深い闇の扉
愛を飾り　愛を導くような盲目を与え　回廊を風は抜けて行く
人を想い　素直に歌い　小川の水が喉を過ぎる
人々は戦いの傷を憂い　魂を癒やし　再び命に炎を燃やす
夢はまぼろし　若葉は燃えるように夏を呼んでいる
生き抜いた偶然は　過去の過酷さを語らないけれど
生まれて来た厳しさを　知る事もない

花の咲く僅かな時間に　生まれて来る命を受け止める
時代の堤防が崩れ　弱者は流されてゆく
もみ殻の中の二粒の麦と　異国に寄り添う微かな糧
ここを抜け出すのは　現実とは異質の時間を記憶している人々

旅立つしぐさの雛を想い継続と忍耐と失敗と再生の歯車は回る
言葉も感覚も無用なのかもしれない
大切だったことからひとりになることは
僅かな美しい時間を分かち合うことになる
主張の強い相手の意見を聴ける個人になるために
風吹く歌を聴き入ったのはとても若い頃
一生懸命　時間を組み立てる工夫を楽しむ
夜風の駅にて出会った　泉の面を歌わせるような人のこころ
有っても無くても良いものと
地球の厳しさが繋がる

しっかり掴んでいなければならないものを
感じて来た時代だった
静寂を奏でる涙　自由な感情を歌う言葉の力
夜風がやって来た　駅を通過する　風の声がする

浜荻の詩《うた》

白夜の雪原に風紋記し　限りなく広がる大地
春から秋の夢の忘れ形見
葦一本のしなやかさ
其処に水辺の在る事を天に知らせるように

荒野を見渡せば失われたことも蘇る
ポプラの防風林に風の立ち止まる音
葉のキラキラと細く透明な響の記憶
生命は地上に幻想を描き
それぞれの存在に　風は吹くばかり

消える命も笏の内に記され
祈りは水のように形なく捧げられるもの
常に問われ　常に生き抜いて来た
葦広がる湿地に　夢風になる

想い抱く　この世の慌ただしさ
水際を記す細い葦一本のしなやかさ
祝賀の賑わいに浜荻の穂　ここに揺れる
今　福来りと行き交う道に　人々の賑わい
背を押す岸辺に小石　波を受けてコトコト響く

絹の道　東へ続く永遠呼びかけ歌い
銀杏の木葉舞うようにそれぞれの詩
蓮の花咲く湖に　月影消える日々も
かな文字優しく雲の下にて暮らす

道なき道に　歌あり
声なき声に　歌あり
荒野に鍬を入れ　汗に　歌あり
根を繋ぎ伸びゆく浜荻の詩

海辺の薔薇

海辺の薔薇の甘い香りは　蜃気楼を見るものらしい

砂時計を持つフクロウの独り言が囁くけれど
薔薇は　祈りの言葉を持っているのだろうか
イザナミは　黄泉夜の国から敗北の灰を空高く舞い上げ
大地を揺らし　紅の薔薇を散らしているのだろうか

雲の下に暮し何事もあるがままに過ぎ
達者に暮らす　ままならないを　忘れてゆけば
雨の日は尚　赤レンガの美しさが映え　人々を迎える東の表口
面を整え内なる花弁を目覚めさせ　その心は何処へ消えて行くのか……

異国の風情も山下公園では　薔薇の木そのものになり
夜は世界の薔薇が　艀《はしけ》打《う》つさざ波を聴き入っている
秋になれば街路樹の銀杏はその緑の葉を　山吹色に染める

角を落とし　素朴にそのままでいいと
「若きカフカス人」のブロンズ像はロダンの香り
海を愛する人々の深い深い想いの繋がりと
海辺の薔薇に似合いの夏の日は　一日あれば……
充分な夏として過ぎ　実りの秋を迎える

その冬の全ては　見えない力が支える
愛と名付けられた心と古城　そこに響きを揺らすのは弓……
命の神話に耳を傾け　葦船を浮かべ水辺に音を奏でる
「薔薇は陽気だろうか」
この世にたった一つの光のように

あとがき

新春の喜びと新たな時代の幕開けに想いを寄せます。思い通りにならない自分の健康が様々な試練を経て、自分に届き自分が選んだお薬で今健康を保って作品を仕上げることが出来ました。

日本の生活様式に椅子が日常に取り入れられたように、物事への意識を、アングルを傾けながらほんのひと時を楽しんで頂けたらと思います。

中日新聞の「わたしの詩」の投稿をきっかけに、また中日文化センターにおける講習を足掛かりに、ピアノや英文学、英語の先生方に出会い、思い通りに成らなかった進学に花を添えて、もう少しわがままに歩いて行ける希望の始まりの一年になります様に。

皆様のご健勝をお祈り申し上げます。

二〇二一年一月

唯木佐保子

著者紹介

唯木佐保子（ただき　さほこ）

作家。1959年札幌市生まれ。

高校時代は高田敏子氏に師事。

同人誌「ぱん・ふるーと」同人。

日本現代詩人会会員。中日詩人会会員。

著　書
『夏の帽子』2003年刊，『YAMATO』2006年刊，『詩集暖炉』2011年刊，『詩集　水曜日の偶然』2014年刊，『詩集　水曜日の偶然　―マグダラのマリアの祈り』2015年刊，『月光と海』2016年刊，『鶺鴒』2017年刊，『青のルネサンス』2018年刊，『北斗七星の憂鬱』2019年刊　著書多数。

エオリアンハープに薔薇を

2021年3月25日　初版第1刷発行

定価（本体1,800円＋税）

著　者　唯木佐保子

発行者　寺西　貴史
発行所　中日出版株式会社
名古屋市千種区池下一丁目4-17　6F
電話(052)752-3033　FAX(052)752-3011
印刷製本　株式会社三恵社
©Sahoko Tadaki 2021, Printed in Japan
ISBN978-4-908454-39-4　C0092